• TONTIMUNDO Y EL BARCO VOLADOR •

Un cuento ruso

TONTIMUNDO
Y EL BARCO VOLADOR

Traducción de María Negroni

Versión de ARTHUR RANSOME / *Ilustraciones de URI SHULEVITZ*

MIRASOL *libros juveniles*

FARRAR, STRAUS AND GIROUX ∘ NEW YORK

Había una vez un viejo campesino y su mujer que tenían tres hijos. Dos de éstos eran jóvenes astutos, muy hábiles para los buenos negocios, pero el tercero era el joven más tonto del mundo. Era simple como un niño, más simple que muchos niños, y jamás en su vida había hecho un mal a nadie.

Bueno, siempre pasa así. El padre y la madre tenían en alta estima a sus dos hijos listos; pero Tontimundo, que así llamaban al tercero, podía considerarse afortunado si le daban suficiente de comer, porque siempre se olvidaban de él, a menos que ocurriera que justo en ese momento lo estuvieran mirando, y a veces ni siquiera entonces.

Pero sea como fuere la situación con el padre y la madre, ésta es una historia que prueba cómo Dios ama a las personas sencillas y, al final, hace que la suerte les sonría.

Porque sucedió que el zar de ese país envió heraldos por
los caminos y los ríos, incluso a las chozas que estaban en el
bosque, como la de nuestra historia, para anunciar que daría
la mano de su hija, la princesa, a quien pudiera traerle un barco
volador —ay, un barco con alas, que navegara hacia un lado y el
otro a través del cielo azul como si fuera un barco navegando
en el mar.

—Esta es nuestra oportunidad —se dijeron los dos hermanos
listos; y ese mismo día partieron juntos para ver si uno de ellos
podía construir el barco volador y así casarse con la hija del zar,
transformándose en un gran hombre de verdad.

Y su padre los bendijo, y les dio ropas de mejor calidad que las

que él jamás había usado. Y su madre les preparó viandas para el camino, blandos bollos de pan blanco, y varios tipos de carnes cocidas, y botellas de licor de maíz. Los acompañó hasta el camino, y se quedó allí diciéndoles adiós con la mano hasta que desaparecieron de su vista. Y así, los dos hermanos ingeniosos emprendieron felices su aventura para medir cuánto podía construir su ingenio. Y lo que pasó con ellos después, yo no lo sé, pues nunca más se los oyó nombrar.

Tontimundo los vio partir con sus paquetes de rica comida, sus ropas finas, y sus botellas de licor de maíz.

—A mí también me gustaría ir—dijo—, y comer buena carne, con blandos bollos de pan blanco, y beber licor de maíz, y casarme con la hija del zar.

—No digas tonterías—dijo su madre—. ¿De qué te serviría? Si dejaras la casa, caerías en las garras de un oso; y si no fuera eso, los lobos te comerían sin darte tiempo a mirarlos.

Pero a Tontimundo no iban a detenerlo las palabras.

—Yo me voy—dijo—. Me voy, me voy, me voy.

Siguió repitiendo esto sin cesar hasta que la anciana, su madre, comprendió que no lograría disuadirlo y que, al fin de cuentas, era mejor que se fuera para no escuchar más esa voz. Así que puso en una bolsa algo de comida para el camino. Puso en la bolsa algunas cortezas de pan negro seco y una cantimplora con agua. Ni siquiera se molestó en acompañarlo hasta el sendero para verlo ponerse en marcha. Lo vio cruzar el umbral de la choza y, sin esperar que diera dos pasos, volvió adentro a ocuparse de otras cosas de más importancia.

Da igual. Tontimundo partió con su hatillo sobre los hombros, cantando al caminar, pues iba en busca de su fortuna y a casarse con la hija del zar. Lamentaba que su madre no le hubiera dado licor de maíz; pero aun así iba cantando bien contento. Hubiera preferido bollos de pan blanco en vez de las cortezas negras y secas; pero, al fin y al cabo, lo más importante en un viaje es tener qué comer. De modo que siguió andando

contento por el camino, cantando porque los árboles eran verdes
y el cielo azul.

No había recorrido mucha distancia cuando se encontró con
un anciano que tenía la espalda encorvada, y una barba larga, y
los ojos escondidos detrás de las cejas tupidas.

—Buenos días, jovencito—dijo el anciano.

—Buenos días, abuelo—dijo Tontimundo.

—¿Se puede saber adónde te diriges?—preguntó el anciano.

—¡Cómo!—dijo Tontimundo—. ¿Acaso no se ha enterado? El zar ha prometido la mano de su hija a quien pueda llevarle un barco volador.

—¿Y tú de verdad puedes hacer un barco volador?—preguntó el anciano.

—No, no sé.

—Y entonces, ¿qué vas a hacer?

—Sólo Dios sabe—dijo Tontimundo.

—Bueno—dijo el anciano, —si las cosas son como dices, siéntate aquí. Descansemos juntos y comamos un poco. Veamos lo que has traído en tu bolsa.

—Me da vergüenza ofrecerle lo que tengo. Esto está bien para mí, pero no es como para invitar a nadie.

—No te preocupes por eso. ¡Vamos, sácalo! Comamos lo que Dios nos ha dado.

Tontimundo abrió la bolsa y apenas pudo dar crédito a sus ojos. En lugar de cortezas negras, vio bollos de pan fresco y carnes cocidas. Convidó con ellas al anciano, quien le dijo:

—Ya ves cómo Dios ama a las personas sencillas. Aunque tu propia madre no te quiera, no te has quedado sin la cuota de cosas buenas que te corresponden. Tomemos un trago de licor de maíz . . .

Tontimundo abrió su cantimplora y, en lugar de agua, encontró allí licor de maíz, y del mejor. Así pues, Tontimundo y el anciano se regocijaron comiendo y bebiendo y, cuando terminaron, después de haber cantado juntos una o dos canciones, el anciano le dijo a Tontimundo:

—Préstame atención. Ahora entrarás al bosque. Camina hasta el árbol más alto que veas. Haz la sagrada señal de la cruz tres veces ante él. Luego dale un hachazo con tu pequeña hacha. Acuéstate boca arriba en la tierra y permanece allí, tendido sobre la espalda, hasta que alguien te despierte. Entonces encontrarás el barco ahí, listo para emprender vuelo. Súbete a él y vuela hacia donde desees. Pero asegúrate de recoger a todo aquel que encuentres en el camino.

Tontimundo agradeció al anciano, le dijo adiós, y partió hacia el bosque. Caminó hasta un árbol, el más alto que vio, hizo ante él tres veces la señal de la cruz, revoleó su hacha y ensartó un poderoso golpe al tronco del árbol, el cual quedó instantáneamente fulminado contra la tierra, cerró los ojos, y se durmió.

No había pasado mucho tiempo cuando Tontimundo, aún dormido, sintió que le tocaban el codo. Se despertó y abrió los ojos. Su hacha, maltrecha, yacía a un costado. El árbol gigantesco había desaparecido y en su lugar se erguía un pequeño barco, listo y terminado. Tontimundo ni pensó. Trepó al barco, tomó el timón, y se sentó. Al instante, el barco pegó un saltito en el aire y salió navegando sobre las copas de los árboles.

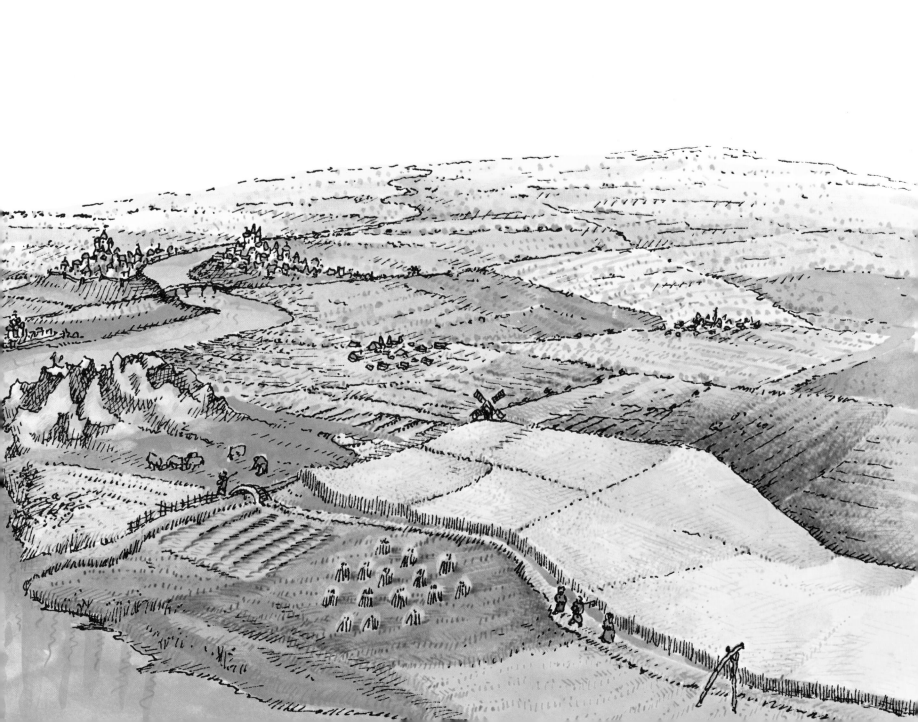

La pequeña embarcación obedecía al timón con tanta exactitud como si estuviera navegando sobre agua, y Tontimundo apuntó hacia el camino, y navegó sobre él porque tenía miedo de perderse si proseguía a campo abierto.

Voló y voló y, al mirar hacia abajo, vio a un hombre recostado sobre el camino con la oreja apoyada sobre la tierra húmeda.

—Buenos días, paisano —gritó Tontimundo.

—Buenos días, hombrecito del cielo —gritó el hombre.

—¿Qué hace usted ahí? —preguntó Tontimundo.

—Estoy oyendo todo lo que pasa en el mundo.

—Súbase a bordo conmigo.

El hombre aceptó de buen grado y tomó su lugar en el barco de Tontimundo y ambos se fueron volando y cantando canciones.

Volaron y volaron y, al mirar hacia abajo, vieron a un hombre parado en una sola pierna: tenía la otra atada al cuello.

—Buenos días, paisano—dijo Tontimundo, aterrizando con el barco—. ¿Por qué está usted brincando sobre un solo pie?

—Si desatara el otro, me movería demasiado rápido. Daría la vuelta al mundo en una zancada.

—Siéntese con nosotros—dijo Tontimundo.

El hombre subió al barco, y los tres emprendieron vuelo, cantando canciones.

Volaron y volaron y, al mirar hacia abajo, vieron a un hombre

con una escopeta que estaba apuntando a algo, pero no pudieron ver a qué.

—Muy buenas, paisano—dijo Tontimundo—. Pero, ¿a qué le está disparando? No hay ningún pájaro a la vista.

—Así es—dijo el hombre—. Si hubiera un pájaro que pudiera verse, no me molestaría en dispararle. Sólo los pájaros o bestias que están a un millar de verstas de distancia me interesan como blancos.

—Venga con nosotros—dijo Tontimundo.

El hombre subió a bordo y los cuatro continuaron viaje. Cada vez cantaban con más entusiasmo.

Volaron y volaron y, al mirar hacia abajo, se encontraron con un hombre que cargaba sobre la espalda un saco lleno de pan.

—Muy buenas, paisano—dijo Tontimundo, descendiendo. —¿Y usted adónde va?

—Voy a buscar pan para mi cena.

—Pero si ya tiene un saco lleno.

—¿Se refiere a esta miseria? ¡Si ni siquiera alcanza para un bocado!

—Suba a bordo con nosotros—dijo Tontimundo.

Comilón se sentó con ellos en el barco, y emprendieron vuelo de nuevo, cantando más fuerte que nunca.

Volaron y volaron y, al mirar hacia abajo, vieron a un hombre que bordeaba un lago.

—Muy buenas, paisano—dijo Tontimundo—. ¿Qué anda buscando?

—Quiero tomar agua, pero no encuentro adónde.

—¡Pero si tiene un lago entero ante sus ojos! ¿Por qué no toma agua de él?

—¡Esa gotita! —dijo el hombre—. No me alcanzaría para humedecer la garganta aunque me la tomase de un trago.

—Venga con nosotros—dijo Tontimundo.

Sediento se sentó con ellos y otra vez partieron, cantando todos en coro.

Volaron y volaron y, al mirar hacia abajo, vieron a un hombre
que se dirigía hacia al bosque con un fardo de leños sobre los
hombros.

—Buenos días, paisano—dijo Tontimundo—. ¿Por qué lleva
madera al bosque?

—Esta no es una madera cualquiera—dijo el hombre.

—¿Y entonces qué es?—preguntó Tontimundo.

—Si se la esparce, un ejército completo de soldados brota del
suelo.

—Hay un lugar aquí para usted—dijo Tontimundo.

El hombre se sentó con ellos a bordo, y el barco se elevó en el
aire y continuó vuelo con su tripulación cantora.

Volaron y volaron y, al mirar hacia abajo, vieron a un hombre
que llevaba un saco lleno de paja.

—Muy buenas, paisano—dijo Tontimundo—. ¿Adónde va
con esa paja?

—Al pueblo.

—¿Por qué? ¿Se están quedando sin paja en su pueblo?

—No, pero esta paja es especial: si se la desparrama en lo más

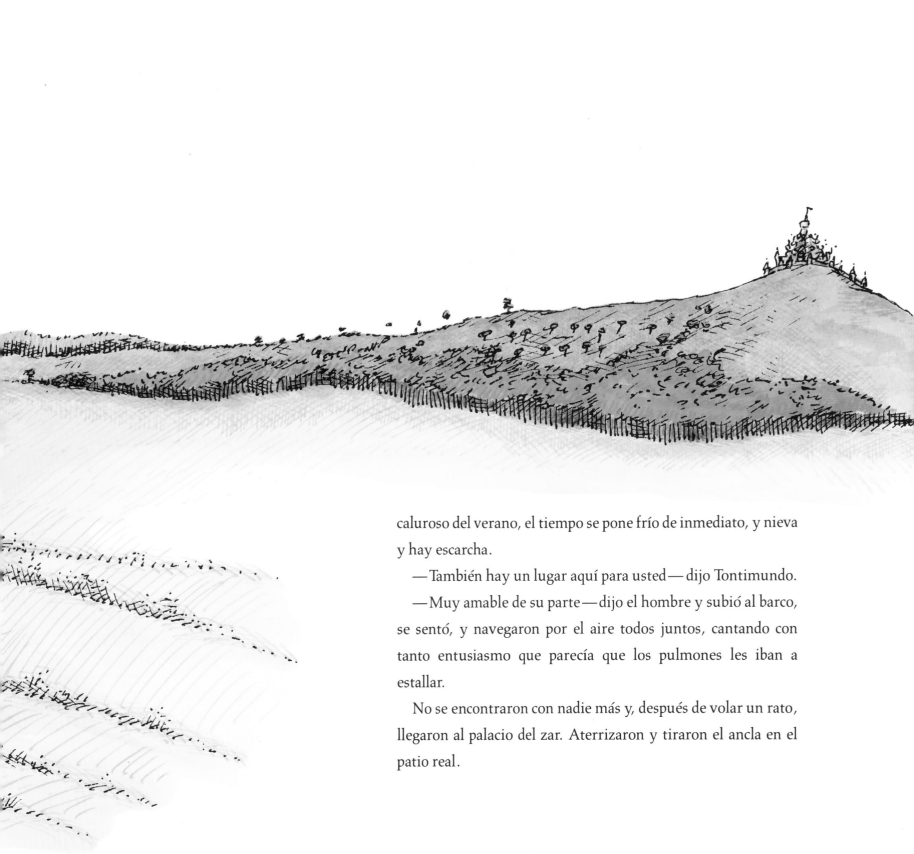

caluroso del verano, el tiempo se pone frío de inmediato, y nieva y hay escarcha.

—También hay un lugar aquí para usted—dijo Tontimundo.

—Muy amable de su parte—dijo el hombre y subió al barco, se sentó, y navegaron por el aire todos juntos, cantando con tanto entusiasmo que parecía que los pulmones les iban a estallar.

No se encontraron con nadie más y, después de volar un rato, llegaron al palacio del zar. Aterrizaron y tiraron el ancla en el patio real.

En ese momento, el zar estaba cenando. Al escuchar los cantos, se asomó a la ventana y vio que el barco aterrizaba en el patio de su fortaleza. Envió a su criado a preguntar quién era el gran príncipe que le había traído el barco volador y que había aterrizado con semejante algarabía de cantos.

El criado se acercó al barco y vio a Tontimundo y a sus compañeros sentados allí haciendo chistes. Notó que eran todos mujics, simples campesinos, los que estaban sentados en el barco; de modo que, en vez de hacer preguntas, dio media vuelta en silencio y fue a decirle al zar que no había ningún caballero en el barco, sólo un montón de campesinos harapientos.

El zar, a quien no le gustaba nada la idea de casar a su única hija con un simple campesino, comenzó a pensar de qué modo podía librarse de su promesa. Pensó para sus adentros: «Los voy a someter a tales pruebas que serán incapaces de cumplirlas, y se contentarán si pueden salir con vida, y yo me quedaré con el barco por nada».

Así que ordenó a su criado que fuera adonde Tontimundo y le dijera que, antes de que el zar hubiera terminado de cenar, debía traerle un poco del agua mágica de la vida.

Ahora bien, mientras el zar daba esta orden a su criado, Oyelo-Todo, el primero de los compañeros de Tontimundo, estaba escuchando y oyó las palabras del zar y se las repitió a Tontimundo.

—¿Y ahora qué voy a hacer?—se preguntó Tontimundo, interrumpiendo repentinamente sus chistes—. Un año, un siglo entero no me alcanzarían para encontrar esa agua. Y él pretende que yo la encuentre antes de que él termine de cenar.

—No te preocupes—dijo Paso-Veloz—, yo me encargo de eso.

El criado llegó y anunció la orden del zar.

—Dile que la tendrá—dijo Tontimundo.

Su compañero, Paso-Veloz, desató la cuerda que le mantenía el pie ceñido al cuello, lo apoyó en el suelo, lo sacudió un poquito para desacalambrarlo, comenzó a correr, y se perdió de vista casi antes de abandonar el barco. Más rápido de lo que yo estoy tardando en contarlo, había llegado al agua de la vida y puesto un poco de ella en una botella.

—Tendré tiempo más que suficiente para regresar—pensó, y se sentó bajo la sombra de un molino, dispuesto a echarse un sueñito.

La cena real estaba llegando a su fin, y ni una sola señal de él por ningún lado. No se oían bromas ni canción alguna en el barco volador. Todos estaban alertas al regreso de Paso-Veloz y preocupados pensando que no volvería a tiempo.

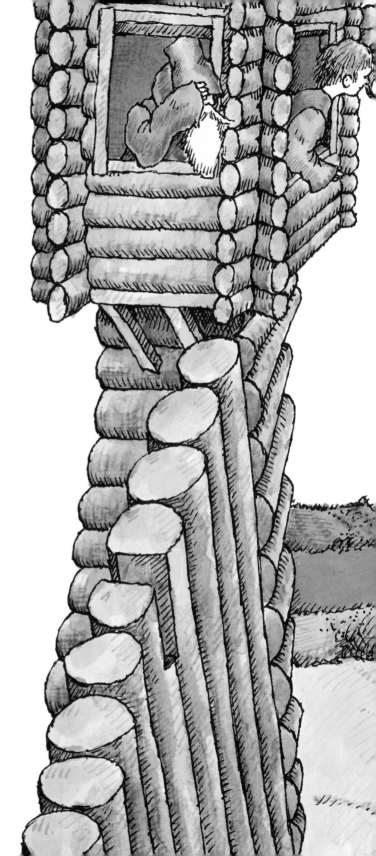

De pronto, Oyelo-Todo pegó un salto y apoyó la oreja derecha en el suelo húmedo, escuchó por un momento y dijo: —¡Pero qué hombre éste! Se ha echado a dormir bajo la sombra de un molino. Lo puedo oír roncar. Y hay una mosca zumbando que está posada sobre el molino, justo arriba de su cabeza.

—Este problema es para mí—dijo Tira-Lejos. Colocó su escopeta entre las rodillas, apuntó a la mosca posada sobre el

molino, y despertó a Paso-Veloz con el ruido de la bala sobre la madera que estaba arriba de su cabeza. Paso-Veloz pegó un brinco, corrió, y en menos de un segundo había llegado con el agua mágica de la vida y se la había dado a Tontimundo. Tontimundo, a su vez, se la dio al criado, quien la llevó al zar. El zar todavía no se había levantado de la mesa, de modo que su orden había sido cumplida al pie de la letra.

—¡Vaya con estos campesinos! —pensó el zar—. No me queda más remedio que someterlos a otra prueba. —De modo que el zar dijo a su criado: —Ve donde el capitán del barco volador y dale este mensaje: «Como eres tan astuto, seguro que tienes buen apetito. ¡A ver si tú y tus compañeros pueden comer de una sentada doce bueyes enteros asados y tanto pan como el que puedan hornear cuarenta hornos!»

Oyelo-Todo oyó el mensaje y alertó a Tontimundo sobre lo que se tramaba. Tontimundo quedó aterrado y dijo:

—¡Ni siquiera puedo terminar un pan de una sentada!

—No te preocupes —dijo Comilón—. No será más que un bocado para mí, y estoy dispuesto a sacrificarme y comer algo ligero en lugar de mi cena.

El criado llegó y anunció la orden del zar.

—Bueno —dijo Tontimundo—. Que traigan la comida, y nosotros sabremos qué hacer con ella.

Así que trajeron los doce bueyes enteros asados y tanto pan como el que podían hornear cuarenta hornos, y los compañeros de Tontimundo no habían terminando de sentarse a la mesa cuando Comilón había arrasado con todo.

—¡Pero qué miserables! —dijo Comilón—. Si nos iban a dar de comer, al menos podrían habernos servido una comida decente.

El zar ordenó a su criado que dijera a Tontimundo que él y sus compañeros debían beber cuarenta barriles de vino, cada uno de los cuales contenía cuarenta cubos.

Oyelo-Todo adelantó a Tontimundo el mensaje que venía en camino.

—Pero —dijo Tontimundo—, ¡si yo en mi vida he bebido más de un cubo a la vez!

—No te preocupes —dijo Sediento—. Te olvidas que yo tengo muchísima sed. No será nada para mí.

Así que cuando trajeron los cuarenta barriles de vino y los abrieron, Sediento se los tomó uno tras otro, cada barril de un solo trago. —¡Qué poquito! —dijo—. Todavía tengo sed.

—Muy bien —dijo el zar a su criado cuando se enteró de que
habían comido toda la comida y bebido todo el vino—. Dile a ese
jovenzuelo que se prepare para la boda y que vaya a la casa de
baños a lavarse. Pero haz que calienten la casa de baños a tal
punto que el hombre se sofoque y se achicharre tan pronto como
ponga un pie adentro. La casa de baños es de hierro. Que arda
al rojo vivo.

Oyelo-Todo escuchó esto y se lo dijo a Tontimundo, quien se
quedó boquíabierta, sin poder terminar una broma.

—No te preocupes —dijo el mujic de la paja.

Bueno, la cosa es que calentaron al rojo vivo la casa de baños
y llamaron a Tontimundo, y Tontimundo se dirigió allá para
bañarse, y el mujic de la paja lo acompañó.

Los encerraron a los dos en la casa de baños y pensaron que ése
iba a ser el fin de ambos. Pero el mujic desparramó su paja por el
suelo a medida que entraban, y se puso tan frío ahí adentro que
Tontimundo apenas tuvo tiempo de lavarse antes de que el agua
en las calderas se congelara. Luego se recostaron sobre la estufa
y allí pasaron la noche, tiritando.

A la mañana siguiente, los criados abrieron la casa de baños
y allí estaban Tontimundo y el mujic, vivitos y coleando,
recostados sobre la estufa y cantando canciones.

Cuando se lo contaron al zar, éste se puso furioso.
—¡Imposible sacarse a este joven de encima! —dijo—. Pero
vayan a verlo y díganle que le envío este mensaje: «Si usted
va a casarse con mi hija, debe probarme que es capaz de defen-
derla. Muéstreme que tiene, por lo menos, un regimiento
de soldados». Pensaba para sus adentros: «¿Cómo podría un
simple campesino juntar una tropa? Bastante difícil le será
reclutar a un solo soldado».

Oyelo-Todo alertó a Tontimundo, y Tontimundo comenzó a
lamentarse. —Esta vez —dijo—, sí que estoy perdido. Ustedes,
hermanos míos, me han salvado de la desgracia en más de una
ocasión pero esta vez, desafortunadamente, no tengo salida.

—¡Oh, pero cómo eres! —dijo el campesino del fardo de
leños—. Me parece que te has olvidado de mí. Recuerda que
soy la persona indicada para solucionar este asunto tan
insignificante y no te preocupes más.

El criado del zar llegó y comunicó su mensaje.

—Muy bien —dijo Tontimundo—. Pero dile al zar que si
después de esto me sigue poniendo trabas, le haré la guerra a
su país y tomaré a la princesa por la fuerza.

Y luego, mientras el criado regresaba con el mensaje, la
tripulación entera del barco volador se puso a cantar de nuevo,
y cantaron y rieron e hicieron bromas como si no tuvieran la
menor preocupación.

Durante la noche, mientras los otros dormían, el campesino del fardo de leños fue de un lado al otro, esparciendo sus ramas. Donde caían, aparecía al instante un ejército gigantesco. Era imposible contar el número de soldados que lo componían —caballería, infantería, sí, y armas, y las armas todas nuevas y resplandecientes, y los soldados en los uniformes más espléndidos que puedan imaginarse.

A la mañana siguiente, cuando el zar se levantó y miró por las

ventanas del palacio, se encontró rodeado de más y más tropas de soldados, y generales con sombreros empenachados haciendo reverencias en el patio real y recibiendo órdenes de Tontimundo, quien se encontraba en el barco volador haciendo bromas con sus compañeros. Ahora le tocaba al zar estar asustado. Tan pronto como pudo, envió a sus criados adonde se hallaba Tontimundo con regalos de ricas joyas y prendas finas, invitándolo a entrar al palacio y rogándole que se casara con la princesa.

Tontimundo se puso las prendas finas y resultó ser un joven tan apuesto como el que toda princesa hubiera deseado por esposo. Se presentó ante el zar, se enamoró de la princesa y ella de él, se casó con ella ese mismo día, recibió del zar una dote

fabulosa, y se volvió tan listo que la corte entera repetía todo
lo que él decía. El zar y la zarina aprendieron a quererlo y, en
cuanto a la princesa, estaba enamorada de él perdidamente.